夢中書房

為了銜接夢與記憶
銜接我們迅速被時間分解的過去和
這陌生未馴的二十一世紀

目錄

卷二 千禧大街

序言 2015

I

我在現實的書房裏，想像著我的夢中書房。

那時小學快畢業了，父母親在廚浴間的上方幫我搭建了一個小小的書房；爬著樓梯上去，伸手便可觸及天花板和兩側的牆。我把它命名為「霽樓」，渴望雨過天晴般的燦爛命運或遭遇。

窄長的小房間簡陋、獨立而自由，它讓我聯想到鯨魚的肚子、風的甬道、煉金術士的閣樓、種種秘密、神祕的空間……我的文學想像從此出發，再也沒有回來。

多年後，我繼續在現實的書房裏，想像著我的夢中書房。現實的書房，除了陸續佈置或不時搬遷的家居、「秘窖」、「陵寢」、「八煙書房」、「林蔭書房」，還有一處真正對外營業過的「夢中書房」外，也包括那些曾讓我流連忘返的國內外書店、畫廊、圖書館、博物館，更可能只是一處可以讓我身心安頓的所在。

而我對夢中書房的想像，則愈加具體、廣闊、狂野、難以駕馭。它成為我個人文明的核心象徵：浩瀚的書籍、繁複的裝置、私密的氛圍、迷宮般的設計、光怪陸離的收藏，各式敞開的窗框擁有最開闊、最獨一無二的視野……是的，它一定要是我的個性、欲望、詩歌創作以及怪誕、深沉、幼稚、旺盛心智精確又戲劇化的顯現，更是可以永續的永恆夢境……

但我必須暫時忍住這個話題，因為我真打算把它實現出來……

而且，夢中書房固然形象化了我在這本詩集完成過程中，清晰意識到的日常詩想的基本元素與書寫情境，但是當中許多作品更是關乎時間與記憶的。特別是，在跨世紀之交，在生命面臨較大轉折時，我對時間議題的執迷（它一直延續到《夢中邊陲》、《地球之島》……）。

那時，我強烈感覺到屬於我的遭遇與種種想法快速產生並流逝著，無暇整理、無暇回顧與掌握。對於這些日積月累的記憶，以及對往昔悲歡青春的眷戀，幾乎只能藉由文字或詩的夢想元素重新創造、銜接。

這樣一本帶著對未來的焦慮與期待、張揚著最易辨識的超現實特質，卻流洩著最現實的意識與生活題材的作品，轉瞬間已過了十三年，0.13 個世紀，到了該改換版本的時候……

II

每次為過往詩集寫序，就像回到昔日親密生活的現場，或透過時光之鏡窺視更年輕時的自己。那樣的感覺絕不僅止於重讀一些舊作，或為它們尋找新的詮釋而已。

「像某種最深藏的幸福
專屬於我
我卻無從開啟……」

我用熱切的眼光撫摸著那一行行的詩句，回溯文字後頭的喟歎與記憶，這種情境更像是一種單向的久別重逢，帶著鉅大的悼念與痛惜，因為一切重逢只發生在我心底。
一個人怎會和他創作出來的作品陷入糾葛的情懷？像塞浦路斯國王庇馬里翁愛上葛拉蒂亞——他一手創造出來的象牙雕像——而不可自拔？
但那是奧維德寫的希臘神話。神話可以把雕像變成真人，詩可以把文字變成什麼呢？把虛構的書寫變成真實的記憶？像《世界末日與冷酷異境》一樣？不！那是大腦中植入的世界全面取代外在世界——或是一個人全面退入腦袋裏的世界的故事，一個無法類比的科幻小說情節。
詩可以把文字變成什麼呢？
提出這樣的問句，也許暗示著對「詩」、對「什麼」，有著不一樣的理解或期待。不錯，我對於詩一直有著不一樣的理解或期待，它遠大於文學類型的想像，而更接近透過美學形式在生命中可能實踐或創造的價值。而在文學現場，文字書寫則執行著我無法以其他形式表達的夢想或夢想中的表達形式，或者說，文字以夢的法則記錄或表現現實世界之我的心智——那正是「夢中書房」意圖實踐的，我當時對詩的某種特質的體悟。像是人為的，經由清明意識策動的夢境。（相對的，自然的夢是由潛意識催動的。）詩有時就是這樣的夢境，我們作夢的當下，相信那一切都是真的——那難道不是真的嗎？發生在我們眼瞼底下的事件？只因為它和醒來後的世界不同，就不算真的嗎？還是我們需要不同的解讀方式？就像讀詩一樣？

「在夢想中
我始終在重寫世界
始終在重寫自己……」

讀者讀詩，就像有意識地和作者在作者的夢境中相遇。但是作者已經離席，一旦作品完成，作者只能以讀者的身分回到原地，像犯案者回到犯案現場，參與破解案件的謎題。

是的，當我完成一首詩，書寫的我便從作者的身分漸漸消褪，於是他也成為讀者。但他永遠不只是讀者，他更像是拜訪較早之前的自己，而這個更早之前的自己其實是他透過書寫而美化、戲劇化、夢想化，一個他想與之陷入各式糾葛或戀情的人？
一個人可以愛上自己的作品嗎？或自己作品的某些元素？下意識裏，你不就是為此量身打造著各種可能嗎？在生活的各個角落，各種情境？
詩可以把文字變成一個代替你去做更美好事情的人，一段你可以省察的生命歷程。

序言 2001

有時，詩創作就是創造意義的過程。

不論是透過思索、尋找、辯證、杜撰或扭曲，面對著各式特殊或平凡的對象時，詩人的任務一直十分明確（雖然他自己不一定意識到）：

像賦予生命一樣地，賦予它們意義。

把它們帶入文學。就像上帝把它們帶進宇宙。歐幾里得把它們帶進幾何。

創造或賦予意義其實也等於創造或賦予價值，是十分重要、有趣並充滿無限可能的，無中生有的事業。它需要詩人具備 insight 或「見解」、「洞見」，也有一定程度的危險性。

但是它最大的挑戰似乎不在於此，而在於：我們能否創造出足以體會或相信這些意義的信徒。

同樣是以語言來解決問題，詩人與說謊者的區別可能是：詩人往往是自己所生產出來的意義的第一個信徒。

那是他感動別人的基礎。

詩人因此不停地受到自己那些良莠不齊的作品的愚弄……

——除非讀者，更多的讀者加入……

這時整個相信的行為甚至是作品的意義就會豬羊變色……

但詩創作的悲劇性無聊之一正是：我們太專注於創造信徒、取悅文學，而太無能去創造有趣的，甚至是有意義的意義了！

二十一世紀是一個陌生的題材與對象。

二十一世紀也是一塊意義的璞玉。

我在許久以前就開始期待並準備某種「二十一世紀」的到來。然而當新世紀擁至跟前時，我卻發覺我根本就來不及準備，甚至，根本就沒有準備——除了直接間接參與各式乏善可陳的儀式之外。

整個人類都是這樣……

「因為夢想的缺席，二十一世紀並沒有出現……」

因此二十一世紀之初的地球結果還是處於二十世紀。（甚至，比不上1998年……）

可以被貼上「二十一世紀」標籤的文明還來不及誕生、形成……

時間、生命或動作當然有其延續，不可能被人為的時序劃分所中斷、重組。

但是我想說的是：在這個巨大而空曠的時間點，我們似乎少了一種態度，強烈期待的態度，甚至是主動去想像、規劃、改變的態度。

在錯綜複雜的現實世界裡，想要兌現、落實某種烏托邦式的想法是十分困難的。那不只是夢想、意志與能力的緊密結合，更在於客觀環境是否有如此的需要。與對此需要的認知。可是我們都知道，雖然現實世界有許多難解、甚至是不可解的問題與沉痾，在大多數人心裡，特別是資本主義富裕社會中的中產者，早已喪失了結構性地去改造世界的胃口了！不肯犧牲現狀，恐懼更動思考的現狀，使得理想國式的思維方式甚至是想像方式愈加被迴避了。

遠在共產主義或社會主義破產之前，空想主義即被視為社會的不安定因素或浪費的行為。空想或幻想被世故的人視為幼稚、濫情、徒然，而文學創作者也因此小心翼翼地把它限制在最微不足道的表面修辭層面。這大概也是目前詩壇始終找不到撼動世界的動能的原因吧？

但是空想，或者說，各式夢想與遐想，是人類多麼神奇的稟賦與特權啊。

我們怎麼能放棄在從事各種務實的工作或表現之外，讓心智馳騁於某種更純粹、更接近自己的願望的世界呢？

我們怎能放棄在內心屯墾著各式小小的夢境呢？

在我的回顧裡，即使在最被現實困境壓制的時候，內心中那狂野未馴的想像與憧憬仍不時會從夾縫中探頭而出，不時岔進某種美好的思維裡。

那正是我寫詩的時刻……

《夢中書房》裡的作品所涵蓋的創作時期十分長（超過十年），但是十分湊巧，它們絕大部分都保有某種空想、幻想的素質。

因此，雖然本書只是某一時期詩作的結集，自始並沒有一個要刻意經營的主題，我卻漸漸從中發現到：在這些年來許多創作時辰裡，我所渴望去探索出來的「力場」正在成形、現形。它閃爍在對每一種心境、每一件事物的詩化狀態（入神的、超越的、最能突顯意義、負載觀點的、可以對生活經驗形成有趣對照的）的好奇、想像與呈現的過程當中。它和現實必須有所距離。不論是蓄意的疏離或是無辜的執迷。「夢中」、「夢想中」的特質，於是瀰漫在這本詩集的各個角落。

而在完成詩作之後許久，我才似乎領悟到，這也許是詩最能發散光與熱的部分。

像發現到一顆被使用了數千年的奄奄一息的電池
我試圖以自身夢想中各種想像力的力量與元素來 recharge 它
再把它置入詩書寫的陳舊機械裡
然後像頑童興高采烈地守候
微不足道的奇蹟……

93霪雨：致永不消逝的「最後讀者」

這一次的春雨
開啟了兩萬年後達於全盛的冰河期
但沒人注意到。
只有我和兩天後
在潮溼的露店讀到這首詩的讀者甲例外。
我們擔心這個城市還來不及
揮霍它文明的巔峰

就已陷進深睡不醒的雪季
而整個亞熱帶的風景與垃圾
將成為下一個文明的石油與煤礦……
而在下一個文明之前很早很早的

這天下午
我和還沒有讀到這首詩的讀者甲
為躲雨而走進這家以蕭索的人文精神著稱的酒館
腋下夾著來不及撐開的傘和一份
永遠擔心經濟不景氣的報紙
神情一如
淋得濕透的旗幟。

旗幟與風是為了作浪
為了撐起一片視野，被吹折也在所不惜
濕透的旗幟則整面糾黏在一起
像窩藏了一個標誌
或思想
或惡意
混跡於這個介於二十世紀末期和十九世紀末期
或上個冰河期與下個冰河期之間的
險惡環境裡。
我們，我和讀者甲，我們彼此之間的疏離
在於

我們並不曉得我們始終並肩列席
並在枯澀的眼底蘊藏著對彼此的期待
兩天後讀者甲在潮濕的露店
讀到這首詩，並短暫
被其中的訊息吸引
但他一直不知道作者甲曾和他相遇
在文明的每個險惡的時辰裡……

卷 1

夢中書房

夢中書店

我們最敬畏、最著迷的叢林
正是那家書店。

在沒落社區一個
屢被郵差錯過的門牌裡
幾百里長的各式書架以及

石鋪、鑲木以及
泥濘的甬道
壅塞、盤據
把知識延伸到
店裡一些還沒接上電力的地方：
佈滿蛛網、迷瘴、
老鼠與蠹蟲的廳房、下水道、
水深及膝的地毯和
永遠失落了鑰匙的密室……
而高達數十層的書架、架上的巨型標本

殘破的旗幟、族徽、
封死的軒窗、失憶的抽屜
便一窟又一窟地向我們展示
人類心智猙獰的原貌……
沒有人，包括第三代店員八十九歲的ㄌ先生，
沒有人知道書店的實際規模——
包括去年為了追捕一本風漬書而
永遠沉淪於文字流沙中的文學教授、
多年以後突然從壁畫中破牆逃回的書評家
以及緊咬著他後領的新品種蝙蝠……
真的，即使緊守著乙區東側的書庫——

以傳記文學和寓言為主的灌木叢——
我們偶爾也會碰上一些
迷途者的骸骨……

我們最著迷的迷宮
就是那家書店了！
在變動不安的整整一個世代
我們幾乎是含著淚傳頌
那座不移動、不融化也不現形的冰山
而閱讀
讀那些冷僻、艱深的心靈——

以及持續不懈的幻想
就是我們青澀的教派每天的儀式……

像隻深藏不露的巨獸
書店以不起眼的門面對外經營
在重重書架後頭
它卻兀自生長
以一種初生星球的能量、暴力
和不可思議的可能性……

向晚時
我們總聽見近處、遠方

各種支架鬆動、潛行躡行的聲響
或土著在斷簡殘篇中搬桌動椅……
對此我早已見怪不怪
我踮腳取下一本殷代出版的植物誌
水聲從架上空出的縫隙傳來
我專心翻閱
端坐如晷
渺小如蟻
然後換另一本書
好奇索讀
直到知識打烊……

夢中書房

不要理會我正編構的瞌睡場景
請輕聲推門進來
握著僅有的孤獨
誰都知道，孤獨是閱讀的鎖鑰……

我的書房裡一直沒有找到我要的那本書
也許還沒有人把它寫出來

但是許多人努力過了
那些豐盛而寂靜的收藏就是證明：
名不見經傳的帛書、竹簡、紙草、羊皮、泥板以及
各式平裝、精裝與線裝的苦心孤詣、
十八世紀的石版畫、
十四歲記憶的霉味與塵埃、
去年深秋的蠹魚、時空錯亂的三葉蟲
我的書房，唉，人類冷僻心靈的收容站

然而無由分說的盛宴情懷仍會
聚集、迴響自那隨手可及的

每個時代、每個文明的低語或獨白
來自書房內外
無視我的願望與企圖
逕自必然又偶然進行下去的歷史

陷坐靠窗又靠近迦太基花瓶與模型飛船的扶椅上
我恣意參與或逃避歷史……

我翻開一本桀驁不馴的書
落地窗外的熱帶雨林便遮住眼前的風景
蜥蜴以冷血調配斑斕的磷光

毒蛇陷身於體熱交織的迷宮
殺戮、砍伐、交媾在高溫中入神進行

我翻開一本落落寡歡的書
薄霧便侵蝕了落地窗外溫帶的針葉林
遠方崖岸下的濤聲執行著濱海庭園的寧靜
有人在此待過並留下孤單的心情
但我一直沒看清他的身影……

我的書房是
我的文明的邊界

在室外
各式媒體猶在茹毛飲血
部落猶在草創文字
在室內
我以二十六種語言
縱橫於各種光怪陸離的作品中
包括四種鳥語、四種猿猴語和兩種鯨豚的方言

我的書房是
我的秘教聖堂
在此我看見幻象

得到安息與力量

我的書房時刻在擴充、衰敗
像我另一個版本的
肉體
或靈魂
充實、迷人、被極力經營
也屢屢氣餒於時間、歷史必然的荒蕪

夢中旅者

甚至連天邊雲彩都以工筆鏤刻的
峇里島漸暗的黃昏
他們在門口用蘭花祭祀路過的神靈
卻在夢中觸動了千里之外的我

清晨
穿過鋁帷幕大樓向天空鑿出的天井

我突然聞到了印度教寺廟裡
昏暗的香料氣息
霎時
我了解到我還沒醒來
還在夢中的熱帶雨林
被一個泛神的宇宙觀和神人共處的社會
所追獵

我在現實或夢中都無所遁逃
但我因此知道
我和世界較遠的部分

有著神秘的血緣關係

我總是輕易興起被禁錮的恐慌
無饜足需索著
葉脈上新蒸出的空氣與
剛從疲憊的官能剝開的美感經驗
來
支應靈魂旺盛的新陳代謝

總是執迷於
我未能出席的時空中

盛大進行的
我未能參與的美好生活……

我渴望
背負著自己小小的文明
在異國的街道和世界打交道
那時我孤獨而完整

但我更常
背負著自己小小的異國
在鬧市的各個角落

和熟悉的事物錯肩而過

我的旅行
不曾到達
也不曾回來

夢中花園

像某種最深藏的幸福
專屬於我
我卻無從開啟

轉入花園小徑時
陽光正盪著鞦韆
不存在於生物學的蟲蚋在樹蔭裡飛舞

她緊緊牽著我
穿過枯葉和枯葉覆蓋的乾涸水池
飄動的裙裾盛滿陽光
熱戀中的軀體若即若離

她回眸看我
以我傾滅城國後換給她的
她的盈盈笑意
那樣滿溢著不可言傳的訊息的眸光
已在歷史上失傳
我用整個心思來框取

卻鬆手放掉全人類的記憶……

斑雜的雀鳥躍進樹叢
懸浮的灰塵閃亮而昇
光的簾幕把森林切割為密室
午後的聲息被蛛網點滴收集
我們，更加隱蔽……

她緊緊牽著我
穿過一扇又一扇的木門
和漸漸聽不清楚的親密探問

在彼
我們消失
不留給文學想像的餘地

夢中厝

我信史時代的童年
住延平北路大春醫院巷口
樓下是刻匾額和賣藥材的鄰居
切磋著木本與草本植物的香氣
與此同時
童年夢中的我
也住在那附近

只是街廓迴異、巷弄離奇
幾乎在現實中被阻擋或遮蔽的
在彼都有更完整、更生動的呈現
是的，
我總在夢中重新編造它們
第二天忘個精光。

然而
它們並未因我的忘卻而消失
反在我成年的夢境裡
長期窺視著我的成年

那些找不到文字與記憶容身的童年之夢

於是以夢中的童年現身：

無所遁逃的木質空氣。被夢境改裝過的陰暗樓梯間。不停在寤寐間重複的，一種接近飛行的下躍練習。磨石子地。紅磚與苔綠。

被時間磨過的，磨光或磨白的木製家具。都市裡處處隱藏著其他時代的空間。日本心靈中的德國建築風情。中國園林觀所荒廢的印度天井。一個從不曾作用過的邊界：在生活與童話之間、記憶與想像之間、過去與現在、充沛的感受與未成形的孤獨……

無人分享的
我童年夢中的童年
就在彼兀自發生
並凌駕幼稚園畢業後即
迅速褪色的延平北路童年
成為我回憶的主要文獻
直到紀元前

夢中童年是沒有地址的
我總在入睡時潛入
醒後卻無法按圖索驥。

它似乎就座落在某些沒落的茶行附近
在某個不曾作用過的邊界
昏暗、困惑卻如此熟悉
讓童年的我如前世遊魂
對迪化街週遭的巷弄與宅第
興起過不曾屬於我的鄉懷情緒。

記憶中失憶的部分
濃縮了我在夢中極為活躍的那個社區
像樂園一樣，我常嬉遊的地方都被聚攏在一起
距離被省略了

空間任意調整
外婆家、永樂國小和成功幼稚園、
同學家，和幾百公尺外圍有稻埕的古厝
彼此相通相連。
中間只隔著牆，和，記憶的密道……

夢中童年是沒有地址的
紀元後
我對自己的記憶數度考古
卻不得其門而入。
從老照相館的畫景、實境

失眠時緊緊戒備著的衰弱想像
外公床頭的彩繪、室內外各種專屬的
氣味以及
父親遺傳給我的易感與憂鬱
我拼湊著夢中童年的直接證據
然而
它並不因我的記住而存在……
我的童年故居在原址中改頭換面
我夢中童年的故居則像艘
幽靈船

出沒在記憶之海的惡浪中
偶爾在夢中靠岸

夢中之城

城不大
但很顯著
乘熱汽球的話
越過森林、沼澤、
黑暗時代和
剛卸下驟雨的零碎雲層
就看見了

W已經來到
在街角的咖啡座入神讀書
等我
她背對著廣場西側S的雕像——
那個上世紀最有文采的
市議會議長
在斜陽穿透下仍酩酊著當年
藝文創作和市政建設共構的童心與奇想

W的鞋尖斜指對街文藝復興式樣建築
是R顛峰期的傑作和當年活躍的沙龍

如今翻修成書店
專賣L和他的追隨者的作品

學生和遊客來此
多半衝著廣場前L和Q
熱戀的場景而來

L後來娶了旅行作家M
M在文藝復興後期擔任過經貿部長
女伶Q終身未嫁，改拍電影和
致力於她和L的好友T所發起的
文藝復興運動

T正是城裡最負盛名的
藝評家、美男子、土木系教授兼
單車選手
那次的文藝復興
曾經造成市民的暴動
他們燒毀了藝術家的總部
但保留了他們的作品、
苛刻法令、城市改造藍圖和
光怪陸離的傳說

W並沒有等很久

我到達的時候送給她一本
剛出爐的詩集和一個臨時起意的吻
我吻了她許久
在侍者與鄰座訝異注視下……

我一直在此生活、創作
並貢獻我的生活態度與作品
給本城的文明
我知道
這裡必將有一條街道以我命名
我必須以更豐盛的典故來經營

這樣的可能性

這是我夢中的城市
正沿著我熱切的視線擴建
一旁傾聽的妳
隨時可以進來
讓我們相愛、
生活、創作
繼續未竟的文藝復興

夢中東路

在永不闔眼的城市後街
一間永不打烊的 SEVEN-ELEVEN
像被錯標在子虛烏有的地圖上
就開始繁殖起來的社會史
或
一個專供夜間啟航的港口
各地的、各式打扮的

感染著各型孤獨的年輕旅客
總會在他們下一段冒險之前
在此逗留、打道別電話、
餵水給牲口

在神秘女主人用心擦拭的櫃檯後
複雜的齒輪、計時機械鑲滿牆面
提供各地、各樣的時間
其中幾座甚至不屬於當代人類
在剛拖過地或打過蠟的地板上

疲憊的容顏們逡巡在貨架之間
整補著條碼化的生活內容
即拆即食的生命體驗……

我穿著睡衣、拖鞋
穿過比睡著的人更多的
失眠的人潮
想買一份
買不到也無所謂的
報紙、泡麵、零食或
一個可以假造時間的假錶

或
不經意搭上
那群不曾在夜間就寢的
遊牧少女——
她們來去匆匆
習於夜視、夜行
瞳孔放大的眼底
累積著深不見底的黑與純度極高的
頹廢

她們揮霍青春有如

為了一光年外的注視而忘情燃燒自己的
無名星星
刻意又雷同的美麗
像一種刺青
使得巫術得以靈驗
生澀的幫派得以延續……

但千萬不要與她們相戀啊
不要在失眠的肉體上刻舟求劍
不要

在午夜十二點以後的奇遇裡定居
因為
夢一生根就蔓延，
蔓延成
和白晝平行且永不相通的
世界
正如我的遭遇：
我夜夜穿著睡衣到
那家永不打烊的 SEVEN-ELEVEN 遊蕩
始終想不起我在白天的事業與

上班地點
也不曉得睡到何時才
回得到明天

夢中拖鞋

穿上它時
像裸身從冰冽的湖水中
游進天鵝絨的被窩裡
像鑽石回到首飾盒
砂堡回到漲潮的海中
秘密回到它的容器裡

但是我沒穿過它
只是虔誠地把它停靠床前
當我睡著時
它代替我下床、喝水、上廁所
等待妳的到來

只要妳來
穿上拖鞋
輕盈地在地板上滑行
我們彷彿就找到了最親密、舒適的
相處模式

像鑽石回到首飾盒
砂堡回到漲潮的海中
秘密回到它的容器裡

它是我們永遠接通著的話機
當我們厭倦於甜言蜜語
它
更像是我們共有的器官
因獨立於我們體外
讓世界

得以美滿地
在我們體內進行

夢中之島

掀開層層晨霧下襬
我們登上湖中小島
水波是這麼的細膩
即使岸緣只比湖面高出 5.3 公分
也不曾被湖水漫上
沿著各種尺度的等高線

島上廣建階梯與花或樹的梯田
並把越高越美不勝收的視野
屯積於最頂端的落地窗前
雖然我們知道
從每一級石階回頭都會收到
一個隱藏著美景的霧盒子
我們並不特別期待陽光來拆解

在濃綠如蔭的岸邊
潔白的雕像、石柱和公共浴池

半沉於水湄
葛藤糾結的溫室裡
持續開著的灑水器
淋濕的書籍
靜靜執行著主人的忘記
而在苔痕斑駁的石壁上
有孩童、風或牧神走過牆頭
蜥蜴閱讀著日晷
時間攤曬軟軟的肚皮
這就是我夢中的島嶼

由未加工的想像
未消化的思想淤積而成
保有我最初的血型、星座
與籍貫
當我不再與世界爭執
我將回到此地
把一切被馴養已老的
野生動物與靈魂放生

這就是我的夢中島嶼

永遠被濃霧遮掩著
杜撰著、修改著
理性無從規劃
也不依照文明進化
即使是我用以描繪它的文字
也常常在此迷路

它像離上一個終點太遠的
下一個起點
屏氣凝神、水波不興、
無人問津

但
當我划得越偏遠
島嶼就越具體鮮明

夢中飛行

在夢中飛行時
你才會短暫記起
這遺忘許久的天賦

當乾淨、冰涼的空氣
以等速迎向你的兩頰
你在極北荒原與起伏被窩之間的

上空
找到你在生命此刻的位置
那是一個幾乎被巨大的比例尺
或宏觀的經緯度抵銷掉的
孤獨感

一部分來自集體潛意識
一部分來自於
被剝奪掉種種能力與夢想權利的
退化物種的

負疚……

會飛，和，不會飛
造成的世界觀是多麼不同啊：
沿著地球曲面翱翔
使我們迅速目擊周圍環境的龐然
這是有別於走獸們遲緩的知識的

但再快的速度
也無法把我們帶出夢境的出海口
再高的眼界

也無法讓我們遁逃出
被釘死於二度空間的卑微宿命

在夢中飛行時
我們才會更深層地認識自己
藉由被生命本質的地形地貌
所震懾、挫敗的
驕傲
我們才會明白我們每個人
原本都隱藏著一個更高的
來歷

夢中孩童

夢中孩童
午夜時在我身邊坐了起來
因睡不著覺
吃力尋找夢的庇蔭

幼獸孤獨的身影
在被窩的沼地間翻爬

貼近的鼻息
在我的眼瞼外探嗅
一邊嗚嗚呻吟
在醒與睡漸漸模糊的邊境

我翻身背對他
用緊閉的眼含住融化的笑意
再裹著巨大的鼻息捲回去
想把這初生的自我意識
淹沒在無邊的守護裡

一不留神
我就會把夢中孩童想成
孩提時的自己
但他是一個不折不扣的個體
無法與我共享同一個夢境
對於他的孤獨
再深的深情
也只能滲入少許……

夢中孩童
兀自在散布著呼吸、囈語

和星星殘骸的澤畔玩耍
沒有心事的心事
沒有人猜得見
但他似乎漸漸明白
黑暗中的臥房不是他
睡著後該逗留的地方
繞行被窩三圈半後
酣然睡進自己的睡眠裡

腳掌抵著我的心窩……

我不敢醒來
緊緊挨著他的體溫
像感受著生命最單純喜悅的
複數的
平凡生物
心甘情願地放任
自我的虛擲、消逝

夢中村落

夢中村落總是被大雪封閉、掩蓋
如此一來
泥濘、腥臭、凌亂以及零星的聲響
都被深埋
聯外道路，以及外在世界
也被深埋了

在夢境的制高點上
總是側臥於平緩山坡下的
木造房舍、手工聚落
便潔淨、脆弱有如農牧時代
半沉睡的心智
任憑我的窺探……

關於夢中村落
我們其實所知有限
在歷來描述裡
往往是靠著雪的粉妝玉琢

把我們不知道的加以覆蓋
只露出粗略如兒童記憶的輪廓……

穿著厚斗篷的小男孩
總是跟不上其他小孩的燈籠、
火把與笑聲
獨自躲在早熟的童年裡
為長大後的種種奇想
儲存離奇的經歷或
讓世界為之愕然的世界觀……

那時
父親在客廳抽菸
母親在隔壁打毛衣
或者他們正在廚房談著一些
亞熱帶島嶼平凡的話題
唉
村莊下雪的時候
他們總是不在現場……
現實世界裡
夢中村落只能在

過期的廉價耶誕卡上
扮演偏僻又
拒絕融解的冬季
但我仍一再虛擬
那幾可亂真的
歸鄉的悲喜

我總是
頂著低壓的彤雲
沿著清冷的街道
去窺看一扇扇窗內金黃的燈光

那作著白日夢的男孩，我相信
有時也從溫暖、金黃的室內
朝窗外張望
但他看不到我
外頭太暗
何況我只是
他可能的成年形象之一
踽踽獨行，在他長大後
便深埋內心的
雪地裡

夢中電話亭

紅色的公共電話亭
緊靠著十字路口
像一個最醒目的藏身之所
我來到此
只是為了護送
吞吐閃爍的言辭
來向妳表達無從表達的

吞吐閃爍的想法

當電車叮噹而過
一個被遺漏在零下十度的年代
暫時被驅趕開來
緊鎖著陳舊大樓的街區
只有一排排破窗映著寒涼晚空
冒著白煙的蒸氣鐘凝結著
十九世紀拓荒城市古老的現代感
紅色的公共電話亭
緊靠著現實的邊陲

像事件尚未發生前
屏息以待的見證者

我來到此
只是為了護送
吞吐閃爍的言辭
來向妳表達輾轉反側的
一廂情願的想法

妳應該不會回應的
我想

但是妳的聲音、語調
妳的委婉措辭或直率回答
都足以滿足我最謙卑的期望

——或者我並不這樣想
我的焦慮已十分明白
我的期望不只這樣……

當電車叮噹而過
伴隨呼吸不時在玻璃上
留下凌亂霧氣的

雜念被驅趕開來
紅色電話亭
緊靠著十字路口
它以它的顯著排除了
其他街頭元素的侵擾
讓我擁有通話者的優先地位
但是關上話亭的門
打電話的理由又不是那麼充分了
我
嚥下吞吐閃爍的言辭

始終不曾拿起話筒
我來到此
只是因為
這衰敗的城市依舊保存著
我們愛情的原貌
而收容過我和
我吞吐閃爍的言辭的
紅色電話亭
大概就是我的思想可以最接近妳的地方了！

夢中鋼筆

由於是一枝古老的名牌鋼筆
已流浪過許多
孤獨而偉大的書桌
它曾寫出
法文、德文以及中文的
優美著作以及信件、收據等

但我可能把它弄丟了
那被握在手中的重量
那結合了
飽滿的金屬殼身、
摩擦著粗糙紙面的精緻筆尖、
手溫以及微量之汗的
主體延伸之感
以及
浸在用剩的墨水裡
那些還沒寫出來的字
還沒有完全顯現的想法

也跟著遺失了

我坐在潦草的筆跡之前
想藉著相關的線索
去推想它的下落
特別是那篇才寫到一半的作品
但是從那時到現在
中間仍有好幾個小時的
無法復原、銜接的記憶……

夢中鋼筆緊擁著後半部作品
躺在生活的下水道裡
靜靜抵抗著沒有思想來碰觸的黑暗世紀

夢中主播

午夜三點
夢中主播在 301 頻道現身
為熟睡的世界播報獨家新聞：
本台消息
今天有寒流過境
克林姆特心情壞到谷底
徐志摩下午在新月書店發表新作

D·H·勞倫斯前往澳大利亞
基里哥回到佛羅倫斯

挽著稍長短髮的夢中主播俐落
吐著一串串抑揚頓挫的柔美語音
使得她的神情顯得比播報內容
年輕且輕盈
像在朗誦文學作品
她似乎被自己所唸出來的字眼
感染著、激動著
宛如清點著一份美好事物的名單

她的美麗超乎我們對電視新聞的預期
深邃的雙眸有如資訊的迷宮
讓觀眾深陷於知識焦慮
聲音和表情充滿了
告知、說服、安慰、啟蒙與治療的效力
讓傾聽成為不可言喻的歡愉
飽含著幸福的暗示與純潔的嘴形
不時凌駕
「布雷克」或「拉赫曼尼諾夫」字面上的意義
使我投入全部的心智
才得以掙脫或跟上

萬花筒般
那恣意變換著語音形狀的
唇與齒的分進合擊

當普魯斯特的插畫展
在巴黎隆重揭幕時
我在沙發上已疲困入睡
夢中主播似乎覺察到了
目光與嘴角笑意因記掛而收斂
深邃的眸中閃爍著
我在螢光幕前蜷曲的睡姿

她一方面繼續以
一串串更讓自己專心的濃密語音
應對著全球的收視
一方面殷殷注意著我
在播報新聞的同時
向我遞出
別人無法分享的訊息

夢中婚禮

也許儀式終將失傳
也許，童話已被廉價兌換
甚至也許，永恆既遠又不永恆
但是吾愛，這一點也不會
遲疑我對妳的承諾：

妳將擁有

一個廣佈森林、湖泊與積木的地球
群鹿出沒、廢墟間盛開月光、水仙
一座城市，以美麗的街景裱裝浪漫的傳說
一座島嶼，以荒廢的港口和燈塔
守候童年的冒險

妳將擁有兩座花園：
遍植雛菊、鳶尾、雀鳥聲帶
可以從街角窺看的，在後院
隨著心情與想像力長年怒放、
可以從眼角窺看的，在心底

也許這件最平凡又可預期
但妳將擁有我全部的愛情
和它的孳息
是的吾愛
妳也會擁有我膾炙人口的詩作
和它的版權
還有它所依據的
美好人格與美好思想

只要妳願意加冕我以
更美滿的稱謂

我將以眸中莊嚴的樂音
引領妳
登上婚姻制度最後一座城樓
向妳展現幸福的想像力
可以孕育出來的文明盛境

只要妳願意加冕我以
更親密的爵銜——
我們就可以
更放肆地夢想並偶爾把它
實現

是的吾愛我將讓我的甜言蜜語實現
打掃地球、制禮作樂、曬衣洗碗
設計沿街小店的市招
和道旁流泉、林蔭與花草
擦拭拘謹的鐘聲，和鐘聲據以傳遞的清晨

我們將以甜美的情節重修族譜
為後世子孫屯積燈前故事
以略帶慵懶的寬容在孩童的基因裡
預藏良善與慷慨

——如果可能

我還希望屆時他們會贊助
我們暮年的旅行

我們將被高密度的祝福
簇擁著穿行過
生命中最豐盈易感的時刻
並回贈這或好或壞的年代
又一個幸福的典故與快樂的言談
吾愛
只要妳以吻為記
這正是我們的夢中婚禮

只要妳以吻為記
它就會啟動
就會在我們的呼吸間
延續

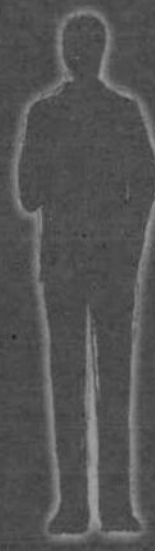

卷 2

千禧大街

木棉花（又一首）

坐在對面，她向我描述盛開的木棉花
當散漫而興致高昂的遊行群眾
走過用心擦拭的窗前
而端坐於高高樹柱上
沒有居留權卻
毫無戒心地輝煌著的
木棉花

拋頭露面，圍觀於林蔭大道兩側

那是我愛極了她的時辰
一個美麗、聰明的女子因
過度用心而不惜笨拙
當她向我描述那些盛開的木棉花

我們緊擁著虛構的同鄉情誼
在冗長的清談中迴避正題
在未揭露的愛戀中
模擬

水手與海鷗或春天與騷動之間的親密
什麼會是生活中那陌生又善意的事物呢？
一朵朵簽證過期的火燄
映照在玻璃窗上
遊行的群眾在遠處也許又一次
推翻了一個無趣的政府
為了閃躲
話題
她向我描述已遊行到各個醜陋巷弄的
盛開的木棉花

異地

才下午三點
天就黑了。
厚實的雲層侵蝕著星球的剪影。
才下午三點
店就打烊電視就收播而
人們紛紛以漸濃的睡意
澆熄猶有餘溫的話題……

在這樣匆促而早眠的
陌生時空
我仍須竟日工作、身無積蓄
甚至無暇儲存這些冗長的晚霞
所帶來美麗與心慌的記憶

而不知情的妳，必須在一個
妳一無所知的年代穿過
一條又一條
危機四伏的巷弄……

但是啊，我們仍須努力習於
這樣的懸念、期待與焦慮
以我們熟悉的拘謹的方式
一小口一小口篩揀著生命的滋味
當他們
大塊地吞嚥、拆卸、省略、表達
忘卻……

才下午三點
天就黑了。
才年輕

就要老去。
時日快速流轉，
親愛的妳
所以
我們能不能即時
開始我們的邂逅與戀愛呢？

颱風（之一）

颱風來造訪
某人內心之中的舊識。
當庭院中一棵不存在的果樹或
水壩上游十萬畝相思
被用力搖晃
綠色的汁液橫流於
擋風玻璃與多年以後某畫家
狂亂的畫風

神祕的電台占領了收音機
廣播著不祥的氣息
而泥黃的山洪
疾行於每條
洗碗槽的排水管下……

我開窗，逆風的視線
吃力追趕那片朝遠方裂去的天空

我的思想紋風不動
只有滿頭亂髮振筆疾書。

颱風（之二）

颱風來造訪
某人內心之中的舊識。
並沿著赤道
一路修剪他散置在
南太平洋上的盆栽。
偶爾調整一下它們的經緯度。

當他抵達機場的時候
所有旅客已因班機停飛而離去
只賸半暗的廳堂，受了潮的冷清以及
一個打算搭乘颱風離去的
滯留許久的想法——

當他以攝人心魄的危機欺身向你
你驀地欣喜
像一個背叛親友去裏通了巨大災難的
末世孩童。

雨霖鈴東路

雨夜
幾部消防車呼嘯而過
因為沼澤邊的遊樂園失火
一輪飾滿彩燈的摩天輪
涉水滾向對岸漆黑的樹叢
斑斕的光四射於
回憶與夢境裡裡外外

每個雨夜都是
冬天又一次的復辟行動
但是人們已如此睏倦且
已習於生冷的空調氣候

遠道而來的
過期雪花
只能靜靜摺起六角形的骨架
脫下白色的靴子
走下水道回家

雨夜

垃圾車和工人終於無意間
滑進一個他們見都沒見過的
巨大、華麗的宅第中庭
我在樓上後廂童年寂寞的臥室
極力杜撰他們肅穆的神情

千禧大街

沿著永夜的記憶無限延伸
我愛極了的那條街道
每日都有過不完的慶典、紀念日與狂歡節
例如市鑰尋獲一百週年、最後一家書店停業十週年或
羅智成寫完這首詩一又二分之一週年……

在所有市民期待、關注下

全城的鐘錶陸續抵達了那一秒鐘
以各種客觀、儼然又陳舊的腔調
同時鐘樂大奏、燈火齊明，伴隨著整齊劃一的心情以及
同時進行的下一秒……再下一秒……

我愛極了的那條街道
櫥窗內陳列著恐龍胚胎、青銅面具、瓦特蒸汽機和
某部三十世紀文學作品的二十世紀雛形
在這文明的舊貨市場，每件破銅爛鐵
都有一些故事、人名和一些特別的時刻……

每條街道都應該擁有過都過不完的慶典、紀念日與狂歡節
在五光十色的日曆上
人們挑選著特殊的時辰來託寄、確定、宣示
他們的夢想、價值或
開始……

是的，對我而言，每天都是一種開始——
千禧年的開始或宇宙創生的開始
或者，它們全是贗品——在我愛極了的那條街道上
每當真實遲到或缺席時
贗品其實正是一切慶典、紀念日、狂歡節與詩的本質……

未來式

「我們失敗的戀情即將是上個世紀的事
無法再修改了」

整個星球的人類都聚集到
這被標誌於時間的地點了嗎
他們騎著駱駝、搭乘巴士、驢車或跑車
更多人步行……

從子夜到凌晨
從經過到遺忘
他們同步出一種盛況：
每個出席的人都分享到這個盛況的
意義的
六十億分之一
我們分到的意義是：
我們之間的距離正被這
牽強而歡樂的跨年儀式
供奉得更加無可挽回的遙遠

像一句還沒說完的話
卻被安插了一百個句點

如果每一分、一秒——
如果每一個世紀都是一個孤立的星球
我還能在繁星之中指認出妳嗎？

或者我們之間的距離
已無法被任何意義轉換
只有結結實實的空虛？

儀式

儀式有時候對它所象徵的事物
傷害是多麼大啊
特別是它所象徵的事物
深藏著和象徵並不一樣的意圖

特別是儀式比預期提早結束……

我們呆立於星球運行的鐘面上
剛被鐘聲趕過12
不知道哪個方向是1

「不會有全新的情節在下個世紀守候我們的」
「正如沒人在上個世紀記住我們⋯⋯
看守我們留在那兒的記憶⋯⋯」
像經由透視法望過去
我們愛情的背影已經太小
只有地球失去的六十億分之一⋯⋯

秒針在世界各處繼續催趕
它的陰影掃過12
掃過1
掃過心跳和寂靜

面對有史以來最大的散場
散場後的空虛
我聽見漸行漸遠的記憶
慵懦地說
「不要把我們的距離再乘上一個世紀
我們付不出這麼巨大的惋惜……」

初冬記筆記

冬季，特別是有雨未乾的時候
我心情敞開，朝北
像沒落的捕鯨基地
罩一件漸漸淡去的魚腥
期待一座冰山不期的造訪
以及它隱藏的十分之九的
逐步消融的，乾淨的記憶

我翻看著晚近出版的書籍
以淡季的心情
追索巨鰭的蹤跡

一排排一排排
大量複製的波濤
從海弧線外無休止湧近
我閱讀消息
破浪前進……

（鷗鳥只在極遠方出現

比夜空中的人造衛星更遠
近處，魚群和流網嬉戲）

我們總是在陸地詠嘆海洋
在航海日誌中供奉島嶼
島嶼的冬季太短
冰河易於腐敗……

航海日誌

寫給上個世紀的情詩

冰冽、綿密的雨水
降在春寒料峭的海上
我嚐及鹹味及
隱約在消失過程中的風笛之記憶……
濕氣、霧氣和雨水中濃濃的低溫

像稀釋的海
浮在深不可及的深藍之上
這使我和群魚有著更接近的視野
低彩度、潮濕的心情……

如果有一個靜止的平面
例如陸地、陸地上的空桌
桌上的稿紙
就可以秤出我憂傷的重量了
當我想到妳的時候

當我想到妳的時候
雨衣擋不住的寒意
使我上氣不接下氣
像從甲板上掉落了畢生心血之作
我的心快過我的手
去追隨了瞬間完成的過錯

像施咒的燈塔
在落海的作品中妳以神諭般眸光
讓我在靠近或遠離妳的思索上
觸礁

迷航

讓我背離了所有目標與港口
讓永不能重返的成為鄉愁……

妳會在世界盡頭等我嗎？
在無休止的顛沛、浮沉之後？
我到達時，會是那疲憊至極的帆影
還是一片零碎的舷木？

妳會在世界盡頭等我嗎？
在那風平浪靜的廢棄港灣？

那時，故事早已結束
妳無需為我們憂傷的結局
繼續憂傷地演出或隱藏
那時，我已一無所有
除了為了交付於妳
始終拒絕溶於海風與鹽水的
一顆深藏於視線遠方的淚光

睡眠以南

子夜航經南極傑拉許海峽

冰山以及之後無數的冰山之後
大概就是地球
以及
遍照其上的
月光了

而在這一頭
我們沿著一道
睡熟了的
窄窄的光線
駛入冰雪與寂靜覆蓋的海峽

這是死亡的原貌嗎？
顏色
動靜
人的體溫、呼吸和
他們的想法

被稀釋到無
船的穿行
事物的被看見
也被稀釋到無

在畢現的
大自然的尺度之下……

夢境還在冬眠嗎？
在未被白晝研磨過的
光
未被光漂白過的

白
未被事件刻度過的
時間
未被視覺分割完的
空間之中
我在甲板上憑欄失眠
也始終醒不過來

2001 春天，文明遙不可及

春天
有人在籬笆邊的草叢
撿到去年遺失的棒球
卻想不起把棒球手套收到那裡

憂鬱繼續孵化著這座城市
乾枯的眼神壅塞於狹隘的視野

朋友們快速遠離
遠離我們共同的記憶

我蕭索地走到城市邊緣
再回過頭眺望
唉！真有一不小心就跨出台灣歷史的
危情

春天
鄰居孩童帶水桶和小鏟
去挖掘蠟像館內的長毛象遺跡

也許由於地處活躍斷層、季風邊陲
島嶼一直瀰漫著
和地球結緣不深的焦慮

我拖著沉重的步履
穿過被雨淨空的快車道和泥濘的分隔島
陪一群盛裝、平庸的創作者
出席一部粗糙、偏頗的文學史
的第282頁
像隻落單的巨牙猛瑪
深怕一個文明的冰河期就湮沒了

自己存在的證據

其實
2001 年春天
我們存在就是因為
我們見證了彼此的恐懼

峽谷

記太魯閣

下切作用應該是隱隱帶著痛楚的吧？
就像某些心事、某種耿耿於懷
水
冰冽、透明的水
其實是挾帶著許多不透明的元素的

泥沙、石屑、礦物質、葉綠素、重量和速度
被溫柔無比的肢體負載著
繞著你，以隨時需要被圍堵的
刺探與表面張力
繞著你，既不忤逆，也不退卻
沿著你的眼神、眼窩、眉穹
順著你的起伏肌膚、筋脈、背脊、
股溝。順著你堅實的慾念，脆弱的形體

她迴旋、急彎、下墜
撫摸、滲透、稀釋、溶解、剝落、下墜

濯洗、擦拭、沖刷、在斷層處用力地下墜
她繞著你
通過或者淹沒
但其實她都在以各種姿勢、各種途徑
下切、下墜……

她全心投入、全力奉獻
你只需回應、承受
而你終究是受傷了
水的溫柔是沉重的、銳利的、持久的
雖然透明、卻不空虛

雖然心軟、卻不手軟
你被劃開來
樹屑、屍骸、土壤、卵石全被帶走
部落、傳說、植被、頁岩、石灰岩
還有被熔鑄、攪拌、發酵過
帶著雲的胎記的
大理石

她在你靈魂的井底以她的方式掙扎
磋磨出一道千仞深的曲折長巷
那是多麼懾人的景觀

所有山的重量都豎起來存放
天光從裂縫射入
陰影閃避而仍然高大
燕群瞑目跌撞，因為
貼近的森嚴壁面沒有
一個眼眶容納得下

而
水與石
一逕地

在谷底相互塑造、拯救
她在你永恆的塌陷中
找到了出口

水，
冰冽、透明的水
躺在立霧溪的出海口
平靜如光的化石
倒映著被山巒裁切的天空
那時我已經過橋
卸下整個空間的重擔

卻因為一座峽谷繼續在心中下切
而隱隱作痛

造山

記余承堯的畫

老將軍的造山運動沿震旦方向
從西北、東南、福建永春到台北中和
那些峰巒、溪壑、懸岩、絕壁
簇擁、堆疊
直上卷軸最上方
實際的尺寸和重量

鋪陳在數尺軟軟紙帛
令人視野欲裂

在觀者罕至的峰頂，那些露頭的岩塊、筆觸
把蒼穹逼入角落，
無視鬆脫的稜線
它們傲然蹲踞、犬牙交錯
而造山老者
則安坐海島一隅、畫外一角
忘情聆「風落梧桐」

像一顆幼年期行星
構思著多變的地表
老將軍心目中的山水總是
高落差，多皺褶
快速發育且遍佈石灰岩地形的，
尚未凝固的想像力
融鑄未定形的美景
不時在山巔之上飛來一山
奇石之外另砌奇石
而在入地千尺靈魂底層
則翻攪著

熔岩、蒸汽、泥淖及貴重金屬
流洩著分合分子的能量
拱出尖峭的海拔
撐起密被岡巒的萬千樹柱
和滿眼的、無處留白的翠屏疊嶂……

那些在中國古老版圖上
默立、發怔、沉吟、撒野或
迭遭濫墾的叢山峻嶺
長久以來被畫家們以一種
安靜、嚴謹的符號

馴養著、看管著，
在他們眼底
由玄武、安山、片麻、石英所鍛造、沉積
由蝴蝶花粉、猿猴啼叫與麒麟的血跡所染色
由風雷雨雪
一寸一寸琢磨出來的
崢嶸山脈
僅是各家畫譜、各派皴法的組合

老將軍不一樣
老將軍闖入這片山水時

猶帶斥候的警覺
自然主義的素樸
山就是山
他走過它們
攀過它們
認識它們

鐵甲、石鹵、崆峒、九華
崔巍的身影連同一草一木
直接進駐隱者胸次
不需名師引見

不需美術史轉述
那飽浸詩情與南管雅音的
心靈
自可一覽無餘……

老將軍的美學崇尚真確
即使夢境也得瞧個碧波爽清
斑斕的雲霞詭變的筆法
遮不住紮紮實實的風景
他喜歡層次分明、稜角分明地
丈量這億萬噸石材無限的可能性

引領後來者的目光
透視
在他的記憶中兀自壓縮、轉化、抽發的
巨大的
雨後春筍

是的
所有這些山、這些斷層、褶曲
其實是在一個逐漸黯淡的夢中容身
但是老將軍
細心照拂著這些胸中塊壘

苦心鑽研
用心啄點、塗抹、拼貼、編織、刻鏤
在夢境熄滅之前
把這些巍峨的巨燭
重新點燃在
被早衰的文明所侵蝕的、風化的
殘山賸水之前
宛如地表再生。

我面山而立
而眾山森然

彷彿它們一直就
只為自己偉大……

一意孤行
的踊想者
辭典

一意孤行的踊想者辭典

ㄅ部

ㄅ

〈釋義一〉

第一個注音符號。注音符號，原先叫注音字母，是一九一八年教育部公布的，共有39個。兩年後增為40。一九三二年改稱注音符號。現在只有37個，內含聲母21，韻母16。注音符號是表達中國語言的聲音中最簡單的一種系統。它的使用比「音切」晚，也沒有深奧、複雜的來歷；出現在我們學習的創世紀初期，並退隱於我們不再以「切身感受」來學習的年紀，像一個攜走童年秘密的神秘保母……

ㄅ，就是這本辭典的動機所在：重新開啟人們感受這古老語言的童心。當我們抿著嘴唇，迸出「ㄅ」這個聲音時，我們正式放射出一個完全脫離意義的聲音的力量，並被它的後座力衝擊。像一個小小的符咒，我們以陰平唸出「ㄅ」，得意地感覺著這個被釋放出來的人聲正無畏地衝向世界，找尋它所有可能的意義。像初生嬰兒蜷曲的軀體，像孵開的豆芽，「ㄅ」是意義的頭顱。或種子。

現在，讓我們虔誠地唸，「ㄅ」。像「芝麻開門」之於山賊的寶庫。我們也將擁有一扇自己，自己的門，自由進出於中國文字和意念的，每個光潔與塵封的角落。

〈釋義二〉

ㄅ的字源遺失在一個早夭的神話裏。在陝西、內蒙古交界一個七千年前的先民遺址，它首次出現於一個被熏黑了的栗色陶瓶上。曲折的字體象徵初生的孩提，或生命的劇痛，或劇痛中產生的自我意識的覺醒。

隨著「ㄅ」出土的，還有「ㄆ」、「ㄎ」以及象徵太陽崇拜，被稱為「戈麥丁」（Gammadian）的「卍」。

〈釋義三〉

ㄅ又是教外諸神的第一名。

大部分人類總把他們童年的殘餘想像，草率地附著於現存思想與各種宗教系統裡。他們接受既存的荒誕解說，並讓自己的理性與想像力受縛於遠古人類粗厚的腦殼。

教外諸神承認人類的宗教本質，但是反抗那些不足以統攝所有人類經驗的宗教（與其他）辭彙。所以主張每一個創作者都應先創造一個宗教，來收容、發展、運用自己種種的不可理喻。

相對於別人，其實每一個人都是異教徒。教外諸神主張人們應覺悟到這麼一個寂寞的生命現實，並努力不讓內心的期望扭曲了我們對真正知識的認識。

ㄅ司掌理性——「理解、專注、寵愛著非理性」的理性。

他寬大、和善，對知識與人群都有無比的耐心。

非常矛盾的，光明的ㄅ從黑暗中誕生，並被預言在黑暗中死去。每次，我們在知識中認識他時，都會感受到他像我們生命中的某一部分，既堅實、又薄弱，且永遠難以把握。

ㄅㄚ ㄕㄢ

〈釋義〉巴山

作家那夜回到交通阻絕、大雨滂沱的丘陵地。密佈山麓的闊葉植物釋出幽綠的光芒，艱困地在陰暗中生長。崎嶇的路面上佈滿水窪、坑洞和油光的蟾蜍和日漸稀少的走獸們的失足。

作家打著一把傘，但傘是活的，其中折斷的一支骨節總是痛得無法抬頭。而大量的雨水便沿著蝙蝠翼般的傘簷流下，風稍微大一點，便會灑到作家的風衣。事實上，這把傘正是一群蝙蝠：尖尖的嘴喲向圓心，圓睜的眼睛則藏在四處。

作家並不喜歡回到這兒。太潮濕也太偏僻了！最近的公路在兩個山頭以外，最近的公路站牌則要走半天。這個地方叫「巴山」，位於版圖的西南，海拔約五百公尺，「線河」像迷宮一樣蜿蜒於山腳和山巔。這個地方終年有雨，所以陽光很少到達。所謂「終年有雨」，是說一年三百六十五天，一天二十四小時都在下雨。

作家一直不能釋懷的是，事實上，這個地方，連同地名和記憶早已被沖刷掉了。

ㄆ部

ㄆ

〈釋義一〉

ㄆ和ㄅ不一樣，ㄆ是不需要解釋的。ㄆ的發音方式代表一種放任或放棄，或順從，或陰性。

〈釋義二〉

教外諸神之一。司掌藝術、勇氣和憂鬱。我第一次看見他時，他正在月台等候列車的進站，眉頭深鎖，身披黑色風衣，一如沒被貼牢在牆上的影子。ㄆ不善說話。但藉由大量創作，他流傳下教外諸神中最豐富的訊息與史料。

其中《紫色經典》記錄了他和其他教外諸神的互動與交往。成為現今我們回顧那充滿虛構與愛情的時代不可或缺的文獻。《綠色經典》保留了文明初期的園林設計、灌溉系統和春天的歌謠。《ㄆ經典》則是一本自傳，又名《ㄆ諺》。見《ㄆ諺》條。

ㄆ ㄧㄢˋ

〈釋義〉ㄆ諺。ㄆ經典。

教外諸神ㄆ的自傳作品。是迄今保存較完整的教外文獻，文學價值較高，而被懷疑是後世詩人的偽作。在《ㄆ經典》第二章，有過以下十分人性化的自白：

「……此刻，我對自己並不抱什麼幻想。這使我完全不解我對自己抱有幻想的那些時刻。我只是站著，面對曠野中較明亮的一方。食指在褲緣上畫著，肘部有一條肌肉被牽動著，但整個緊張的感覺又被其他沉睡的肌肉緩衝著。我對自己不抱什麼幻想。此刻。而這一覺悟卻使我如此平靜而頹喪。我的肉體脆弱，隨時可能在一場災難中殘廢或化為齏粉；也可能被一場病痛剝奪走全部的尊嚴；即使在健康的時候，也不足以屈服任一名健康的對手。」

「我的心智，毋庸諱言，常常遇到他能力的極限，一道生疏的中學數學便可輕易打垮它；一個強詞奪理的人，也往往叫我無言以對……」

「我的情感，則比我的肉體更脆弱。我總是不清楚自己要的，欲望繁多，手足無措，不懂割捨，比平凡人更擺脫不了平凡人的弱點與憂慮……」

「我對自己並不抱存任何幻想。但是自我意識的本質卻把我突顯出來，在所有言談與書寫中，使我成為自己生命中不容躲藏的主角。所以，我得像『我』一樣的站出來，被賦予特質、特徵和期待。而在更堅實的現實之前，這一切仍都是令人索然的。」

ㄎ部

ㄎ

〈釋義〉

教外諸神之一。司掌百香果、太陽花及百貨。ㄎ自ㄆ的油畫中產生，有一張甜美的撲克面孔。

ㄎ同時象徵一種特立獨行、孤立無援的心境或狀況，最早出現於《紫色經典》卷二，描述畫家ㄆ初見初生之ㄎ的情形：

> 我憂戚地觀察。
>
> 內心像一個偷渡了人神邊界的藝術家面對宿命結局時那樣地崩塌。
>
> 悅人而充滿童稚地一意孤行的ㄎ幾乎癱瘓了我的思索與判斷。
>
> 尤其是我的訊息也僅能來自那截然的強硬姿態之後閃爍的脆弱與溫情。ㄎ並非那樣自信——一如其耀目、鮮明的服飾所誇示。但ㄎ有一種淘氣、揶揄的表情，像堅硬的細拐杖，結實地敲擊著別人自信的罅隙。但這完全來自不善修飾的誠實，並無惡意。

ㄎ的眼睛善於發令，像無聲之笛，催別人遵循起舞，如無法控制自己魔力的眼鏡蛇。但在別人發言時，ㄎ的目光又不時滑向別的地方，令人耿耿於懷，也相形地讓你愈加珍惜被注視的時刻。

ㄎ喜歡也習慣佔上風，如果不能，便有禮地撤退。

這些風格的形成主要來自特立獨行的青春期吧！雙親之一必曾極度任性。ㄎ恣意嘲弄那不由自主地被其鑄造的人，含淚嫉視那不容顛覆的；被太多的善意與容忍推向孤獨的頂峰，又被無法釋懷的憾事施咒一生。

ㄎ是脆弱的，但不可思議的，別人更脆弱。

ㄎ用充滿嘉許的笑聲表達友誼。

堅持自己的方式，別人只能投降或離開。但我寧願等待。

ㄎ的光芒總是刺痛別人的雙目。
我只有閉起眼睛接近。

一九八八年四月未完

鎮魂

他們以重機械徹夜在外頭切割巨廈
你徹夜被騷擾，卻始終沒有醒來。
十層樓的破碎迷宮把你困在噩夢的夾層裡
或者，你被牆上的相框壓成最後一張照片
或者，你被缺乏鐵質的大樓吞噬，成為它
糾纏的管線裡淤塞的血水
所有的可能都已腐臭、發脹

不再可能……
被挖掘開的馬賽克浴室，四處是你過期的呼吸
被折疊起來的挑高客廳
縮得小小的那聲尖叫還在瓦礫中戰慄
在挖掘不出來的驚懼裡
翻倒的美景則緊摟著你孤單的屍骸，
也許還有一個永被深埋的想法……

□□□、□□□、□□□、□□□、
□□□、□□□、□□□、□□□……
死亡已經治癒你們的傷痛與恐懼了嗎？

我們不然，
整個島嶼還在收縮、抽痛、胡言亂語
生命總一次又一次叫我們面面相覷：
我們只是薄膚恆溫的凡人
怎會遇上只有地球足以承擔的變動與損傷？
我們只是偶爾自大的脆弱生靈
為何要經歷萬噸建材與憂傷的折難？
你們看，
整個島嶼在抽痛、蜷曲
在傳遞、播報、哀悼、喧嘩與聚集
其力量宛如一個宗教的誕生……

但不盡然
那只是種種美好的想像
對一個規模七．三強震的無謂抵抗

規模七．三的強震重新躺回斷層
整個島嶼在香煙裊繞的晨曦中
繼續喧嘩、哀悼與聚集

□□□、□□□、□□□、□□□、
□□□、□□□、□□□、□□□……
死亡已經治癒你們的傷痛與恐懼了嗎？

我們不然，
我們正慌亂地用重機械把
崩塌的視線吊走
把沉重的記憶切開
切割成比較容易消化與忘記的小塊
我們在廢墟中喧嘩、哀悼與聚集
這一切只是為了治癒我們自己。

索引

篇名	完成日期	發表日期	發表刊物
序言 2001	2000.2.20		
93霪雨：致最後的讀者	1993.4	1993.6.20	中時晚報時代文學周刊
夢中書店	1993.12	1994.6.12	中時晚報時代文學周刊
夢中書房	1999.1.21	2001.4.13	聯合報聯合副刊
夢中旅者	1995.10	2001	中國時報人間副刊

夢中花園	1997	2001.8	聯合文學
夢中厝	1996	1998.7	聯合文學
夢中之城	1999.11	2001	聯合報聯合副刊
夢中東路	1995.12		中國時報人間副刊
夢中拖鞋	1999.4.4	2001	聯合報聯合副刊
夢中之島	1997.6		中國時報人間副刊
夢中飛行	1998.12	2001	聯合報聯合副刊
夢中孩童	2001.3.11	2002.1	聯合文學
夢中村落	1997.12		中國時報人間副刊
夢中電話亭	1997.10	2002.1	聯合文學
夢中鋼筆	2000.3	2002.1	聯合文學

夢中主播	2001.9	2002.1	聯合文學
夢中婚禮	1999.9.19	2002.1	聯合文學
木棉花	1994.4	2001.12	中央日報中央副刊
異地	1993	1996.1	中外文學
雨霖鈴東路	1993.6		中外文學
颱風之一	1992.9.1	1992.9.29	聯合報聯合副刊
颱風之二	1992.9.1	1992.9.29	聯合報聯合副刊
千禧大街	1999.12	2000.1	聯合報聯合副刊
未來式	2001.1.	2002.2	中外文學
初冬記筆記	1991.11	1991.12.11	聯合報聯合副刊

航海日誌	1999.12		聯合文學
睡眠以南	1999.12	2001.8	聯合文學
2001 春天，文明遙不可及	2001.8	2001.8	聯合文學
峽谷	2000.8		聯合報聯合副刊
造山	1998.7		聯合文學
一意孤行的踴想者辭典	1988	1998.7	聯合文學
鎮魂	1999.9	1999.9.2	聯合報聯合副刊

聯合文叢663

夢中書房

作　　者／羅智成
企劃・設計／羅智成
封面・插圖／羅智成

發　行　人／張寶琴
總　編　輯／李進文
責任編輯／黃榮慶
封面構成／胡珊華
資深美編／戴榮芝
業務部總經理／李文吉
行銷企劃／許家瑋
財　務　部／趙玉瑩　韋秀英
人事行政組／李懷瑩
版權管理／黃榮慶
法律顧問／理律法律事務所
陳長文律師、蔣大中律師
出　版　者／聯合文學出版社股份有限公司
地　　址／台北市基隆路一段178號10樓
電　　話／(02) 27666759轉5107
傳　　真／(02) 27567914
郵撥帳號／17623526聯合文學出版社股份有限公司
登　記　證／行政院新聞局局版臺業字第6109號
網　　址／http://unitas.udngroup.com.tw
E-mail:unitas@udngroup.com.tw
印　刷　廠／鴻霖印刷傳媒股份有限公司
經　銷　商／聯合發行股份有限公司
地　　址／(231)新北市新店區寶橋路235巷6弄6號2樓
電　　話／(02) 29178022
出版日期／2015年 8月　初版
2017年 4月20日　初版三刷第一次

定　　價／280元

ISBN 978-986-323-127-1 (平裝)

國家圖書館出版品預行編目資料

夢中書房 / 羅智成作. -- 初版.
-- 臺北市 : 聯合文學, 2015.08
216 面 ; 12.8×19 公分. --
(文叢 ; 663)(羅智成作品集)

ISBN 978-986-323-127-1(平裝)
ISBN 978-986-323-125-7(精裝)

851.486　　　　104012323